歌集

天空林道

依光ゆかり

砂子屋書房

*目次

装本・倉本　修

歌集　天空林道

薬　歴

薬歴を書きつぐ耳に響きくる「野ばら」のメロディ昼を告げゐる

白衣ぬぎ薬局出づればまぶしかりわれを目がけてそそぐ夏の日

朴ノ木公園

みづの音風の音する公園にやなせたかしの思ひは溢る

この径を芭蕉ゆきしか息切らし幻住庵への坂のぼりゆく

浮御堂琵琶湖のみづのうちよせて堂をめぐれば会話のたのし

三井寺

弁慶のひきづり鐘の疵のあと寺と寺との争ひはるか

ひとつづつ訪ひてゆきたし時間《とき》かけて近江八景奥処の深く

父の庭バラのアーチに足形の池も作りて桃も植ゑゐき

木の花を好みし母が庭に立ち槿に水やる後姿顕てり

ラブラドールの子犬抱きし夢に覚めその夏ショップに「小夏」と出合ふ

山にきてきのふの悩みちひさきと思へり石鎚《いしづち》山系しんとして在る

調剤を終へて息つく間もなしに次の処方のファックスがくる

べふ峡の風に今年も逢へました　熊はひたすら眠りてゐむか

この秋は母の墓参に行くと決め厨にひくく歌ふ「故郷《ふるさと》」

百二十mmhg《ひゃくにじふ》か百四十mmhg《ひゃくよんじふ》か血圧の上限揺るる一月の医学書《ほん》

土佐の初雪

潮騒の耳をくすぐる羽根岬フロントガラスに冬の雨粒

待合室こみあふあした分包の薬そろへる　師走の尽きる

食欲のもどりし若き犬の頭《づ》をなでて雨ふる路地に出でゆく

すがすがと虹たつ方《かた》に向きゆけば職場の見ゆる角まで来たり

「ごらん、これが土佐の雪だよ」川沿ひを小夏とゆけば雪片舞へり

雪片が小夏の背《せな》をすべり落ちリードもつ手の凍みる久万川

女性薬剤師会

雪の夜の講習会に集ひきてわれも受付に署名なしをり

講演の終はりかるぽーとの階くだる小雪ふくめる風に巻かれて

野良時計うごかぬ針が永久《とは》に指す世のめぐりゆく時の一瞬

伝説の墓の猿丸峠《たうげ》にひそとあり猿丸太夫は冬陽にねむる

田野屋塩二郎《えんじらう》の塩は買へざり「次はきつと」思へばなほさら手に入れたくて

国分川のマガモ群れ立ち舞ひあがる土手に芝焼く炎《ひ》の走りゆく

一包化のぞむひと増えせはしかりけふは昼まで途切れぬ調剤

愛犬小夏

うしろから見ればりつぱなラブラドール帰りくるかほ未だ幼し

映像は汝のなづきに刻まれぬこの世に生れて二年の日日の

娘の一家春の旅行に飛び立ちて北海道よりカニ送りくる

花まつりの幟ゆらめく道の果て吉津吉祥寺はあの森あたり

香川県三豊市

熊本地震

うつくしき阿蘇のまはりのざつくりとくづれ断層を打つ昼の雨

大学の師が研究を続けゐし植物塩基《アルカロイド》の名のなつかしき

夏草の黙

山峡は闇にまかるる頃だらう独り居の友短歌《うた》詠みて在り

よみがへる夏の日窓辺にほほゑみて関門海峡指しし師のかほ

ナガサキの空に祈りを捧げゐし母の背しるく甦るはちぐわつ

わが意志も萎えさうになる炎天に影つくりつつあゆむこの街

漆黒の人間魚雷「回天」は炎昼に在り夏草の黙

高松市羽立峠

理不尽を飲み込み坐せる若者が彼岸の海に発進なしき

この狭き空間いのちの軽きこと「回天」は語る模型なれども

鳴き尽くし地上に転ぶ蟬を掌《て》に「おつかれさま」としばし立ちをり

どくろ仮面、月光仮面の出没ににぎはふ「ゑびす昭和横丁」

わが夫の「ＣＳ90」も並べられ旧車のまはり男《ひと》ら寄りくる

阿蘇《あそ》山の辺を走りゆくとき暗闇に滲む灯のあり安らぐこころ

あゝ野麦峠

連山に雲の流れて信州のじふぐわつ夏の名残りの微風

武川忠一先生

秋天のいろを映して漣のひかる諏訪湖に師の面輪顕つ

「諏訪湖」とふサービスエリアに見る諏訪湖　師の声凛と湖《うみ》よりひびく

十月の長野の山路家ごとに薪の積まれて人影の無き

熊笹のゆるる日昏れの野麦峠風の向かうに少女の声す

一途なる瞳《め》の少女らが行きゆきし野麦峠の熊笹の径

政井ミネと兄の像

「あゝ飛驒が見える」と妹の息絶えて負ひきし兄の無念の像《すがた》

紅いろの錠剤加へ分包機律儀に朝をことことうごく

箱根旧車会

霧ふかき十国峠にW1《ダブルワン》の集ひきたれど順延の大会《くわい》

北海道、長崎、神戸、山形と峠に集ひし男《ひと》ら散りゆく

「忙《せは》しさも人生の華」の添へ書きを諾ひ賀状の整理終へたり

暁闇

濱口雄幸邸

田野の冬蘇鉄古りゐる雄幸邸　整備終はりし木の門くぐる

凶弾にたふれし雄幸の句碑を吹く風おだやかなききさらぎの昼

ふるさとの唐谷しのぶ「空谷」の名に秘めゐしやさびしさの谷

新刊の案内とどく睦月尽「恋する医療統計学」など

川の上《へ》を風がよぎれば波の面のぱらぱらすすむ冬の大豊

クーデター未遂伝ふる記者の背をよぎる鷗の白の清新

甫喜ヶ峰けふは海まで見わたせる風車ゆつくりまはる昼どき

ゆかり様小夏様とふ連名の文《ふみ》のとどける四月のポスト

風つよき仁淀川大橋わたる朝中州に鳥の飛びたてずゐる

風車二基まはりはじめる山頂に色なき風の意志を見てをり

桜花《はな》びらの絨毯のうへしづしづとあゆむ小夏の三歳の春

中越家の桜

二百年此処に立ちゐる枝垂れ桜けふの真青な空に抱かれて

満開になれば真白き花びらとなりてゆれゐる秋葉の里に

暁闇に目覚め手足を伸ばすとき疲労のわづかとれゆく思ひ

打ち上げの花火一万五千発空に残れる煙　郷愁

神宮の杜のさみどり参道を急きつつあゆむ参集殿まで

真桑瓜冷やして父と食みし日のふいに顕ちくる夏空のあり

ヘッドライト消せばをちこち光り出す山の冷気をまとへる螢

点滅をそろへ螢の集団は闇にいのちのひかりを灯す

有明の海

有明の海に獲れゐしタヒラギにヘイタイサンガヒ母の味付け

あたらしきコンビニのまへ陽の下にがらんどうなるコンビニのあり

群るる魚《うを》離れて一尾のゆらゆらと水路に夏のストーリーあり

水彩画終ひに残す楽しみはあをぞら塗りて雲つくるとき

佐野新平《しんぺい》の業績ガイドに聞きをりぬ讃州井筒屋敷の茶室

篠原の柏木

この岸に喉《のみど》うるほし源稀義《まれよし》が勇み馬上の人となりしか

なんとまあ愛らしき花咲かせゐておじぎさう一日《ひとひ》を終へる踊り場

夜の風のひんやりとしてベランダにしなね祭りの余韻たのしむ

処方箋持ちくる人の多き日の窓から見ゆる秋の蒼空

水彩画教室しんと過ぐる午後遠雷に止む絵筆のうごき

準惑星ケレスにみづのあるといふ触るる両手のあるやもしれぬ

薬袋紙

船窓に遠ざかりゆく町の見ゆ一路九州へ向く秋の昏れ

慎太郎も龍馬も船旅いくたびかしてゐむ大き理想かかげて

丸亀市立資料館

「武士《もののふ》の装ひ展」に鋭《と》きひかり放つニッカリ青江の刃《やいば》

名工の青江の太刀の精緻なるつくり戦下の声きこえくる

踊り場に街路見てゐる小夏の背ぽんとたたきて階のぼりゆく

こころ急く日常あとに透きとほる風ふく山に犬をつれゆく

きのふけふスケジュールなき日つづきたり雲ふむやうに時間《とき》のすぎゆく

白峯寺八十八基の歌碑ならび崇徳上皇の碑のまへに佇つ

上皇の御陵きざはし高くあり木洩れ陽わづか射しくるまひる

薬袋に印を押しつつけふの雨はげしと思ふ　じふぐわつ尽きる

土佐の産赤茶色せる薬袋紙香気保ちて薬つつみき

ながながと仁淀川蛇行の景の見ゆ小雨の山の中腹に来て

椋鳥の帯反転し電線に競ひてとまる冬の黄昏

べふ峡へひた走りゆく風の道ＢＭＷＲ69Ｓは

バイク音ひびかせゆけばたちまちに風にまかるる鋭《と》き秋の風

一笑に付して去りゆくひとの背に黄金《きん》のいちやう葉ふはりと落ちる

ＰＡＣ３あをぞらに向き立ちつくし土佐の祭りの始まる初秋

言ひたきを言はざるままでよかつたと春待つ川辺の風に向きゆく

道の辺に雪の残れるその果てに財田うどんの幟ゆらめく

香川県

代々木公園

いちぐわつの代々木公園よぎりゆく澄みたる空の下をふたりで

ＮＨＫ全国短歌大会

山頂をながるる霧のたちまちに森を隠して蟬声途絶ゆ

ＮＨＫホールに集ふひとら皆短歌に向きてひとすぢなりき

ＰＡＣ３土佐にも配備されてより晩夏の風鈴ひたひたと鳴る

中土佐町立美術館

久びさに久礼の美術館訪ひきたり人物画の瞳《め》に見られつつゆく

胸ぬちの思ひ溢れむ額縁の中のをんなの春のブラウス

孤独なる時を重ねて塗られゐむ東郷青児のをんなの髪も

逆光にゆるる影絵の一艘に寄する波ひだ土佐湾の冬

唐人駄馬（足摺）

巨石群の間《あひ》をめぐれば古代びとのささやき風のやうに過ぎゆく

早春の唐人駄馬にどつしりとサークルストーン神さびて在り

ひつそりと春陽をかへす生家には幼きジョン万の声も聞こえむ

大方の海

山茶花の咲ききはまれば微風にも触れて落ちなむ夕闇の底

体調のもどれる小夏きざはしをタタタとくだる四歳の春

枯れ葦のゆらぐ久万川わが犬の上目づかひのまなこ澄みをり

三味をひく女遍路の肩にまふ桜はなびらちひさきつばさ

美作《みまさか》のさくらさくらの花ふぶきわがささくれのこころ溶けゆく

ゆるやかにあゆめるやうな時なれど宇宙の間《あひ》を駆け抜けつづく

腕時計のベルト替へたる翌朝のアメリカフウのまぶしきゆらぎ

サーファーの見え隠れする波の果てくろしほひかる大方の海

流星群見むと山頂にテントはりひたすら待ちし夜の若きわれ

ガザ地区の混乱激しくつづく朝土佐の浜辺に流れつく貝

「小夏、小夏」呼べばきざはしかけおりて早く行かうと大き目で見る

ターミナル2の灯の見え東京を離りゆく刹那いもうと思ふ

山間《やまあひ》にマイクの声をひびかせて移動スーパー橋わたりくる

人らみな海を見るため立ちをれり来島海峡うすもやの中

馴染みきし薬局けふでさやうなら明日よりふたたび本店勤務

甫喜ヶ峰

折り紙の赤い金魚の貼られゐるデイケアの窓風のふれゆく

飛雲閣のうへ夏雲の湧きおこり旅の終はりの愁ひに佇てり

仁淀川雨にかすめる栴檀の青葉の下をあゆむ少年

炎昼の山道草の燃ゆるごと影もゆれをり　ひとに従きゆく

甫喜ヶ峰草の穂ゆるる傾りには夏のひかりが射るやうにくる

目をほそめきらめきやまぬ海を見る夏の真中にふみだす一歩

薄もやのあした夏にも夏霞あるらし青田に稲穂のゆらぎ

雲の湧く空の果てなるヒロシマに向きて目を閉づけふ8・6

こころまで灼きつくしたる魔の焔《ほむら》七十三年目の空ただ澄みをりぬ

星神社

「天山」の新酒呑まむといそいそと胡瓜を刻み蟹缶あける

清濁を併せ飲むとふ慣用句歴史のうらに浮きつ沈みつ

清掃を終へし御祖《みおや》の墓のまへ翅黒蜻蛉がぴたりととまる

豪雨やみ雲の晴れゆく土佐の空二期作の稲の苗伸びゆけり

晴れ間縫ひ小夏と出でゆく堤防にシャワーのやうな雨に合ひたり

まつすぐなこころのままに育ちゆけ祖母われ永久《とは》に見守りつづく

出勤の車列もの憂くつづきゐる連休明けの銀杏並木に

矢継ぎ早の台風わづか逸れたればアメリカフウのそよぎ穏しく

一包化すすむ調剤ジェネリック薬品増えて長月尽きる

スケジュールなき土曜日も人の世の仕事こまごま尽きることなし

登りゆく妙見山の急カーブ木洩れ日の中蝶の飛びたつ

星神社に滾る思ひを告げて後弥太郎日本の夜明けに向かふ

久万川に護岸工事の始まれば亀も住処を変へねばならぬ

雨音のやさしき窓辺杳《とほ》き日の子らの笑顔のアルバムひらく

口数の少なき新聞配達の女《ひと》の笑顔に戸惑ふ日昏れ

紅葉のパノラマ聞きしに勝るとぞ週末われも出でてゆかむか
秋風にのりて今年もあのひとの伝聞とどく無事ならよろし

新聞の切り抜き帳の八冊となりて夜ふけに過去ひらきをり

日曜のあした響けるクラクション柿もちくれし友の合図の

電子化のすすむ調剤ピッピッと音たて静もる部屋の息づく

急ぐまい光のシャワーを浴びながら吾のあゆみをすすめてゆかな

オーテピアの窓

弘田龍太郎《りゅうたらう》の生れし地草の伸び伸びてしんと秋陽を集むるばかり

安芸市

黒岩涙香《るいかう》の生家のまへをひたすらに流るる小川とどまざる刻《とき》

ながながと一般名の増えゆけば薬品名を記す手せはし

ほんたうの秋晴れつづく山頂に穂架とびゆく風の間をゆく

出勤のわれに目を向け目を閉づるあとは小夏の待つだけの時間《とき》

あたらしきソックスはけば何となく足もとかるく路地よぎりゆく

オーテピアの窓にひろがる景のよし図書館の周囲このままであれ

参考書多く置きゐし店ありきはりまや橋も様相変はる

行きつけの書店霜月尽きる日に閉店となる　けふ賑はへり

青木昆陽《こんやう》も務めし書物奉行なり文庫管理を粛粛とせしか

日程の混み合ふ週の始まれば淡淡と時を刻みてゆかな

三十二号線

さくら合歓今はもみぢの三十二号線あまねくそそぐまひるのひかり

紅葉の中をながるる吉野川水面ひからせ午後に入りゆく

大歩危の駅の紅葉きはだてるホームに異国の女《をみな》たちをり

杖立山よぎればもみぢの道つづく風なきひるを南に走る

救急車山路降りきて走りゆき落葉舞ひあぐルート三十二

黄の濃ゆき銀杏一樹をよぎりゆき舟ケ谷洞門抜けてあをぞら

現在《いま》のことのみを思ひて見るべしと紅葉《もみぢ》炎えいる峡谷に立つ

祈る背のやさしきかたち御社《みやしろ》に落葉まろびて冬に入りゆく

そのかみに祈禱奉行のありしとふ畏み祈るこころ偲ばむ

叔父のこと語りゐし母かの冬の長崎平和祈念像まへ

合格を祈る両手を合はせきてあゆむ境内小雪舞ひくる

裸樹のならぶ国道ひゆうひゆうと風のみすぐるさみしき構図

ラフティングけふは見えざり下名《しもみやう》の第二トンネル小寒く昏い

大歩危に向かふあしたを枯れすすきしきりにゆるるもの言ふやうに

山肌に風の統べたる草と木がなびき笛ふく切なき音に

じふにぐわつのやまの上《へ》あをくただあをく空と風との対話はつづく

山並みのうへにかたちを変へゆける雲の意思あり今ゆきだるま

霧の湧く坂しらじらと四十五号線集落薄く眼下にうかぶ

ブラインド閉ぢたる厨のかたすみにいただきものの焼酎「美丈夫」

落葉焼く景はるかなり木枯しも吹かぬ路地裏よぎる朝朝

人は人わたしは私と思いつつ米をとぐ手のとまる夕昏れ

何処に

夕焼けに染まる大空この国の何処《いづく》に彼のひと見あげてをらむ

駅伝のランナー襷をわたし終へたふれこむなり凍てつく路上

焼津港けふのしづけさいちぐわつの雨にひたひた覆はれにつつ

オリオンの冷たく美《は》しき紺の空わが犬ふいに身を寄せてくる

客ひとり乗せて雪ふる停車場を大歩危峡行きバス発車する

山頂にひたすらまはる風車二基　風の伝言異国のはなし

南天の実を描きたる師の賀状平成最後の元旦に着く

架橋工事すすむ川面にみづとりの休息けふは日曜でした

久万川橋完成の日を描きつつ二月の土手の中程に佇つ

きさらぎのころ

あれこれと寄せくる予定けふはもうなんにもせずに海辺をはしる

水仙はプライドの白き花かかぐ如月なかばの風にふかれて

ガラス戸は三時過ぎれば陽の翳りわが犬の場所すこし昏める

頭《づ》の真上オリオン冴ゆる路地裏に幼きわれの影もたちゐる

海の辺を走れば海の香りして車窓《まど》に入りくるきさらぎのこゑ

迷ひ子となりてさまよふ夢に覚め現《うつつ》の朝のひかりうれしき

こだはりて時のみ過ぐる机上にはいまだ成らざる歌ひとつあり

ひとり星公転しつつ永久に昏き宇宙のことしか知らぬ

映像に迷惑行為ながれゐるこの世の末の想像難く

天辺のとがりし山をビルの間に見てをり三角山と名づけて

春がすみ固きこころを溶かしゆき洞門抜けて花を見にゆく

小夏のしつぽ

山頂の穏しきひるの坂道にラブラドールがときに目をあぐ

除草剤に枯れし草ぐささその下に小《ちさ》き双葉のいのち萌え出づ

まつすぐに大き瞳を向けくるる小夏とふみだす朝の路地うら

もう外は春の陽ざしに抱かるる菜の花スミレ小夏のしつぽ

ゆきやなぎ土手の傾りにあふれ咲き移ろふ季節あなたも去つた

噴水の向からうに見ゆる春の樹樹時折背《せな》をさむき風ふく

追憶の尾瀬にふく風つよければワタスゲ首をふりてゐたりき

沈丁花いづくに咲くや塀ごしに探しゆきをり路地に入りきて

滔滔とながるるみづをくぐらせて嵐のあとの沈下橋たつ

しづみゆく陽のまぶしさにけふ一日《ひとひ》多忙に終はるしあはせ思ふ

信州の旅の終はりの湯につかる窓うつ風と硫黄の匂ひ

この世のゆらぎ

穂芒のゆらぎはいのちの証なりこの世のゆらぎ億万のあり

頂きに木木揺らしゐる風のふきさはさはさはと音のよせくる

走る龍、子犬のかたち山頂に雲の造形　しぐわつになつた

俯瞰する町のかすみて黒潮が空と海とを分かつ春なり

山道をぐるりまはりてわが犬は音たて春のみづを飲みをり

武川忠一の声甦しつつ麓へと下りゆく車窓《まど》に鶯のこゑ

屋上に君の吹きゐしトランペット茜の空にその音《ね》吸はれき

やうやくに雛《ひひな》出しきてかざる朝桃のなければフリージア活くる

のこり雪春の土佐路に舞ひおりぬ今年終はりの寒さをつれて

不動尊

音までもやさしき春の夜の雨にとろり眠りにおちゆく脳《なづき》

この坂をのぼりつめれば不動尊立ちていませり青葉の下に

いかめしきお顔木洩れ日ゆるる中笑まふごとくにわたしに向きて

赤青黄見《まみ》えてみたき三不動しぐわつ終はりの山路あゆめば

三姉妹の思ひこもりし芝桜ひかりあふるる広棚の里

美馬市

高開《たかがい》の石積みつつむ芝桜のぼりゆく夫の背《せな》を追ひゆく

吉野川市

COSTAMESAの下の傾りに群れ咲ける芝桜ピンクをいよよ濃くする

南国市

草ぐさもあかるく炎ゆる春最中小刻みにゆく昼のセキレイ

阿波勝浦ビッグ雛祭り

胸ぬちに思ひいだきて見つめくる三万体の雛のまなこは

天空林道

中津明神山

中津明神山一五四一メートル頂きに天空林道見おろす令和

石ころと凹凸はげしき天空林道夫のバイクのうしろに坐り

八キロの往還の径もどりきて山の霊気の風に吹かるる

トランプ大統領来日

国賓の来日ANAも遅着すれど機内に配らるるコーヒーうまし

雪被く富士のしばらく見ゆる機窓《まど》年に一度の総会にゆく

大鳥居くぐり向きゆく参集殿神宮の杜の風にまた逢ふ

外つ国のひとら談笑しつつゆく手足のながき少女のピアス

洗濯機の変遷いまはドラム式扉あければレノアがかをる

わが犬はけふもこれから待つばかり足音もどるを耳すませつつ

口火切る男のありてしんとしたテーブルにはかに熱気を帯びる

哀愁のメロディィながるるラジオ聞き茹でた馬鈴薯つぶすキッチン

梅雨入りのおそき六月畑にきてオクラ獅子唐ナスの花撮る

大犬座こいぬ座オリオン天井にプラネタリウムの納得空間

オリオンの肩の星なるペテルギウス消えゆくさだめと知りてさびしき

なかなかにつよき力で立ちどまるラブラドールと見る茜空

愛らしき目をしてわれを待ちし犬ひかるボールを胸もとに置き

連休ののちに寄せくる処方箋昼まで無我の境地にうごく

浮き袋投げくるる父若かりき唐津の海のとほき思ひ出

サイドミラーに映る日の出の炎ゆる赤高松道をひた走りゆく

洗剤と柔軟剤を流しこみうから三人《みたり》の衣類がまはる

染色の向日葵の咲くパラソルは義母の手作り長く使ひぬ

ほたる

猪も兎もねむる山峡にことしの螢のひとつ灯《ともしび》

河鹿鳴く川に灯ともす螢きてふたつ三つと数を増しゆく

吊り橋のうへの螢見ひそひそと語るごとくに寄りくるほたる

ちちははと幼き姉の魂《たま》かともふはり頭《づ》のうへ三つの明かり

ふんふんと首をふりつつ八月の狗尾草の群れゐる空き地

炎昼の街の舗道をあゆみゆく「人間万事塞翁が馬」

われを呼ぶひそけきこゑにふり向けば風が草原わたりゆくだけ

炎昼の堰のみづより呼吸するごとく水沫《みなわ》の生れつづけをり

マーガレット群れ咲く空き地ここに何が建つてゐたのか思ひ出せない

「ゆかちやん」と受話器の向かうの父の声吾《あ》を呼ぶこゑはやさしかつたよ

紅の花ふはりふはりと空ちかく咲かせて合歓は夜にはねむる

野葡萄

ドアを閉ぢひかりあふるる野に向きてアクセルをふむ昼の国道

デイケアの柘榴二階の窓辺まで伸びて今年は実の少なかり

海ぎはの茶房いつもの席に坐しすこし濃い目のコーヒーを待つ

サルビアの炎えたつ赤の置かれゐるドアの向かうに友の声する

野葡萄は食べられないと教へられその青きいろ見つつ過《よぎ》りき

吾亦紅風に吹かるる草原の彼方の空を君と見てゐた

帰りきてキッチンに立つ火曜日の夕べ窓うつ雨音はげし

月明かりいちやう並木の下あゆむしんみり昔のことなど言ひて

網の下くぐりぬけきてテープ切る障害物競走制した君よ

安楽死のディープインパクト競走馬の矜持抱きて永久《とは》に安らに

四か月たてば師走がやってくるまこと矢のごと流るる時間

W 1

この地球《ほし》のカオスのやうな雲の湧く山の上《へ》もうすぐ夕闇せまる

ふり出した雨に額を濡らしつつ駐車場まで走るじふぐわつ

銀杏樹の黄のいろ増せるバイパスのかなた愛しき蒼空のあり

歌を詠む日日過ごしきて明日からもうたをつくりて時をかさねむ

大歩危に向きゆく道に出会ひたる猿のジャンプに思はず拍手

紅葉のすこし始まる三十二号線さくらもみぢをゆらす秋霖

丈たかき草草ゆるる遊閑地やまぬ雨足闇のせまれど

母の呼ぶ声にふりむく夕間暮れ広場に遊び足りないわたし

沖縄の海に深深《しんしん》ふる雨は子を抱くジュゴンのまぼろし濡らす

大歩危にW1《ダブルワン》駆りてゆく夫の後部座席にわれも風受く

二輪車は風との相性抜群と思ふもみぢの国道ゆけば

「大歩危」に集ふ男らたちまちにバイク談議に時を忘るる

落人の由来の蕎麦に繋ぎなし箸ですくへば切れてしまひぬ

重低音後部座席のわが足にひびきW1坂くだりゆく

即位の礼すすみゆくらむ東京は　われと夫とは家路につけり

あゆむとは生きるちからを蓄へることと踏みしめ登るこの坂

雨音に浅い眠りの破られてまだ読み終へぬ本を手にとる

二時間の仮眠をとらむ出発は真夜の十二時みやげも入れた

災害に遭ひて眠れぬ夜を過ごす人ら横たふ固き床の上へ

ひかるもの人にはひとつあるものを紛争地帯の子らの目淋し

忖度も偽りもなく海沿ひを駈けるランナーひかりまとひて

しあはせな夢

しあはせな夢にまどろむわが犬を窓に射す陽がほこほこつつむ

軟膏を練り合はせつつ十二時のチャイム聞きをり混みあふ師走

百手祭《ももてまつり》

きりきりと力をこめて放つ矢の的に当たれば太鼓打たるる

夜須八幡宮

早春に烏帽子、袴の御弓《おゆみ》女子負けじと放つ矢の的を射る

思つても思はなくとも過ぐる日日あすは「寅さん」観にゆく予定

あの屋根のうへの朝陽のまぶしさに目をほそめつつエンジンを切る

仁淀川ひかりまとひてながれゆく蛇行の淵をひくく歌ひて

街灯の明かりの中にふる雪のメランコリーに見惚るる窓辺

バレンタインのチョコを置ききてドア出づる君のこころはすこし躍るや

教室にけふ描きあぐる夕映えのタージ・マハルよ心解きて

久久の歌会三密さけつつもマスクの上《へ》の目みな輝けり

コロナ禍の世なれど風はやさしくて歌会にあがる歓声、拍手

曲がり曲がり祖谷渓谷を巡りきて小便小僧の像にまた会ふ

尾根を背の大空間に立ちつづく小便小僧のひとりぼつちよ

拇指《ぼし》、食指、中指、小指、薬指けふも帰りて洗ふ両の手

フロントガラス

なるやうになるとアクセル踏む朝のフロントガラスにひとつぶの雨

案ずるより産むが易しと唱へつつ会場のドアそつとひらきぬ

配達のバイク音去り新聞をとりに立ちたる廊下の冷気

かつてここに本屋があつたコロナなど露ほど知らぬ自由な日びに

冴えざえとオリオン見ゆるじふにぐわつラブラドールとゆらゆら帰る

花柄に猫柄マスク白マスク「鬼滅の刃」もゆく通学路

洞門を出れば舞ひくる雪の群れ吉野川沿ひ昏みゆきつつ

こんな日は山の子栗鼠も寒からう風にふかれて雪がとびくる

岩の間に紺いろの波見定めて室戸《むろと》岬のパワー全身に受く

新年の室戸にバイク集ひをり慎太郎像見あげ帰らな

コロナ禍が日常となる日日の街時短の暖簾風にゆれをり

山頂に立つ木木たちのゆれゆれて風に真向かふ声のするどさ

元親の命日詣で境内にわれらの足音《あおと》のみの真昼間

屋根よりの落雪ぼたり大歩危の駅もまるごと銀世界なり

ミニバラのあとにスズランエリカ植う踊り場に風ゆらりよぎれる

五十年に一度のご開帳春めく日薫的和尚の意志つよき口

御祭神薫的大神《おほかみ》五十年経てふたたびを春の気の中

いつぽんの枝垂れ桜の立つ丘に異国の男《ひと》もスマホ掲げる

季《とき》くれば桜花《はな》のをちこちあらはれし山ももうすぐ若葉に染まる

伊勢海老

伊勢海老の六尾とどけば夫は即ネットに探るその料理法

包丁を研ぎ伊勢海老を真ふたつに割りて厨に夫の活躍

グリル用刺身用にとわける傍《そば》息子がだし汁をつくる梅雨寒

次の日は白菜、ホタテなど入れて残りの海老は鍋になりたり

その後は海老味たっぷり熱熱の雑炊となりコース終了

女性薬剤師会

リモートの講演けふは九十分聞きて夜の窓ひらき息吸ふ

九十分話しつづけたドクターは姿勢ただして質問を待つ

梅雨晴れをまはる風車の音たかく山頂にくるパトロール車の女《ひと》

主《あるじ》なき家にをちこち吹き出づる草を濡らしてゆく昼の雨

高知より持ち来し手紙大歩危の駅のポストにすとんと落とす

月曜の調剤室はせはしかり母に抱かれし幼も待ちて

あをの顆粒白の微粒を分包し監査のすめばもう正午まへ

水剤を量り目盛をつけ終へてスポイド添ふる雨の火曜日

出勤の水曜われに背を向けて寝たふり小夏すこし待ってて

祖谷豆腐購ひもどり小雨ふる久万川べりに犬と出でゆく

甫喜ヶ峰アセビも終はりゆるやかな坂を小夏のリード伸ばせり

アフガンのニュース伝ふるコロナ下の晩夏に雲の峰は湧きをり

東京五輪

開会式

混迷の五輪ドローンの地球のみわがまならうらをまはりつづける

混乱の五輪も蓋をあけたればエールを送る真夜の熱闘

ボッティチェリ、ダ・ヴィンチ、グレコの宗教画神への讃歌と現実世界

自販機

バナナラテ冷と温とを違《たが》へ出し熱きコップを捧げて走る

ウイズコロナ勤務を終へて帰路につくマスクはづして車窓をあけて

ひろしまの孫《こ》が折りし鶴はちぐわつの空にとびゆけ雲つきぬけて

よさこいもビヤガーデンもなき夏の終はりコロナの秋は来ませり

頭上ゆきしドクターヘリが病院のうへより徐徐に下降を始む

いつぽんの銀杏樹そびゆあかあかと沈む夕日の翳を負ひつつ

高知城の天守に俯瞰する街の生活《たつき》のちから平和の祈り

廃屋の庭に紅萩咲きみだれ閉ざした窓の真下彩る

けふ一日《ひとひ》こころしづかに終へたれば夫とグラスにビール分けあふ

さらさらと水路ゆくみづ行く手には何が待つらむ風透きとほる

あとがき

二〇一五年に第二歌集『運命の犬』を上梓してから六年の歳月が流れました。この期間に平成の世は幕を閉じ、二〇一九年五月一日万葉集より採られた元号「令和」の時代が歩み始めました。令和二年から新型コロナウイルスに翻弄される日々ですが、このところ少し落ち着いてきたようです。一年遅れで東京五輪も開催され、来年はきっと良い年となることを祈っております。

この度この六年の日々を振り返りつつ、日記のように書き留めてきた短歌を纏めてみようと思いました。薬剤師としての勤務は続けており、日進月歩の世界に刺激を受けております。新たに取り組んだのは水彩画です。教室に入り楽しく学んでいます。対象物を見詰めて表現するという作業は短歌と共通しています。職場への往還の道に見る四季折々の風景や、薬剤師、医学博士であり大型バイクのライダーでもある夫が連れて行ってくれる様々な場所からも数々の短歌が生まれました。歌友でもある長女と次女、愛犬小夏と甫喜ヶ峰へ行く山友の長男への感謝も忘れてはならないと思っています。そして三人の孫へ心よりのエールを送ります。

題名の「天空林道」は、高知県と愛媛県の県境にある中津明神山（標高一五四一メートル）の山頂付近から尾根伝いに伸びる未舗装道路。夫が凹凸の多い道をオフロードバイクに私を乗せて往復した時の情景が深く心に残りこれまでの感謝を込めて題名としました。愛犬の小夏も七歳となり我が家の末娘として大切な存在となっています。季節の移ろいを感じながらの散歩の毎日です。

この歌集を出すに際して、「音」の玉井清弘先生、諸先生方や会員の方々、また「温石」の歌友の皆様、お力添えを戴きましたすべての方々に心より感謝申し上げます。

出版に当たり、砂子屋書房の田村雅之様、装幀の倉本修様には大変お世話になりました。厚く御礼申し上げます。

二〇二一年十一月

依光ゆかり

音叢書
天空林道　依光ゆかり歌集
二〇二二年二月二三日初版発行
著　者　依光ゆかり
高知県高知市塩田町一五—三〇（〒七八〇—〇〇六五）
発行者　田村雅之
発行所　砂子屋書房
東京都千代田区内神田三—四—七（〒一〇一—〇〇四七）
電話　〇三—三二五六—四七〇八　振替　〇〇一三〇—二—九七六三一
URL http://www.sunagoya.com
組　版　はあどわあく
印　刷　長野印刷商工株式会社
製　本　渋谷文泉閣